Christian Rauch

Die wälische, französische und deutsche Bearbeitung der Iweinsage

Antigonos

Christian Rauch

Die wälische, französische und deutsche Bearbeitung der Iweinsage

Unveränderter Nachdruck der Originalausgabe von 1869.

1. Auflage 2024 | ISBN: 978-3-38636-814-8

Antigonos Verlag ist ein Imprint der Outlook Verlagsgesellschaft mbH.

Verlag: Outlook Verlag GmbH, Zeilweg 44, 60439 Frankfurt, Deutschland, info@outlook-verlag.de
Vertretungsberechtigt: E. Roepke, Zeilweg 44, 60439 Frankfurt, Deutschland
Druck: Libri Plureos GmbH, Friedensallee 273, 22763 Hamburg, Deutschland

DIE

WÄLISCHE, FRANZÖSISCHE UND DEUTSCHE BEARBEITUNG DER IWEINSAGE

VON

Dr. RAUCH.

BERLIN 1869.

W. ADOLF & COMP.

H. HENGST.

59. UNTER DEN LINDEN 59.

Die wälische, französiche und deutsche Bearbeitung der Iweinsage.

Es bedarf keines Beweises, dafs Chrestien's von Troye Chevalier au Lyon dem Iwein Hartmann's von Aue in seinem ganzen Umfange — ausgenommen die Episode von 4528—4715, worüber unten, Seite 19 — zu Grunde liegt*). Drei Fragen aber vorzüglich sind in Bezug auf beide Gedichte noch als unerledigt zu betrachten, die eine nach dem Maafs des Verdienstes, welches Hartmann für die Gestaltung des Stoffes zuerkannt werden mufs, die andre nach den Quellen, aus welchen Chrestien's Erzählung vom Löwenritter flofs, die dritte nach der Version des Chrestien'schen Werkes, welches H. seiner Dichtung besonders zu Grunde legte.

Bei kaum éinem Geisteserzeugnisse ist es uns so leicht gemacht, wie bei dem Gedichte unsres Landsmannes Hartmann, das Verhältnifs der dichtenden Kraft zu dem Stoffe zu durchschauen, das Ueberlieferte von der eignen Zuthat, dem selbsterfundenen zu sondern. Selten bietet sich solche Gelegenheit, einen Dichter in seiner Werkstatt und bei der Arbeit zu belauschen und dadurch ein sicheres und unanfechtbares Urtheil über die Art seiner Begabung und

---

*) Vgl. Koberstein, Grundrifs, 4. Aufl. I, p. 207; Holland, Chrestien von Troye p. 179; Benecke zum Iwein, p. 257, Anm. zu v. 1; Lachmann, Vorrede zu Iwein, p. IX; *the Mabinogion, by Lady Charl. Guest*, I, p. 227; San Marthe, die Arthursage, p. 171; Gervinus, Geschichte der deutschen Dichtung; 4. Aufl. I, p. 375.

1

den Grad seiner Geschicklichkeit zu gewinnen. Trotz der besondern Theilnahme, welche der anmuthige reine H. seitens der Literaturkundigen gefunden hat*), ist diese günstige Gelegenheit, durch einen eingehenden Vergleich seines Gedichtes mit demjenigen Chrestien's Einblicke in die Werkstatt seiner dichterischen Thätigkeit zu thun, meines Erachtens, noch nicht genügend ausgebeutet worden. Mit einer Vergleichung im ganzen und grofsen ist hier nicht viel gethan. Der nur oberflächliche Leser beider Werke wird gar leicht, voreingenommen durch die Gleichheit der Thatsachen, die Uebereinstimmung beider Gedichte in allen andern Beziehungen gröfser finden, als sie wirklich ist, und demgemäfs H. fast jegliche Selbständigkeit abstreiten, wie dies Gervinus' Beispiel zeigt**). Benecke's und Lachmann's Urtheile auf der andern Seite***) zeugen von einer leicht erklärlichen Vorliebe für den deutschen Dichter; ihre Aussprüche würden fraglos anders ausgefallen sein, wenn sie das französische Gedicht mit derselben Gründlichkeit durchforscht hätten, welche sie den deutschen Werken zuzuwenden pflegten, wenn sie nur inmitten der Bestrebungen romanischer Gelehrsamkeit gestanden hätten, die erst seit dem Erscheinen der 2ten Aufl. des Iwein unerwartete Ausbreitung und tief eingreifenden Einflufs auch auf die deutsche Sprachwissenschaft und Literaturkunde gewann. Ein Urtheil, das den Vorzügen beider Theile in gleichem Maafse Rechnung trägt, hat San Marte, gestützt auf einen Vergleich der beiden Gedichte, S. 171 f., gefällt: „Durchgängig tritt bei H. eine gröfsere Einmischung seiner Person in die Erzählung vor, und es sind vorzüglich die reflectirenden Passagen, worin er sich mit völliger Freiheit und Unabhängigkeit von Chretien bewegt und den gege-

---

*) cf. die beherzigenswerthen Worte Benecke's in Lachmann's Vorrede zum Iwein, p. IV: „die Zeitgenossen verschwiegen, was jeder wufste (Hartmann's Tugenden): um so mehr ist die Nachwelt verpflichtet, eine Schuld abzutragen, die nie verjährt und nie verjähren darf".

**) Gesch. d. deutsch. Dichtung. 4. Aufl. I, p. 375 ff. 3. Aufl. p. 402 ff.

***) Iwein, Vorr. p. IX; Anm. zu v. 1. Ihnen folgt Koberstein, Grundr. I, p. 207.

benen Stoff mit einem gewissen künstlerischen Bewufstsein
handhabt und demnach Charakteristik und Motive nach
seiner Einsicht modelt. Gleichwohl müssen wir manche
treffende, anmutige, naive Bemerkung, die wir gern dem
Geist und Gemüth des deutschen Dichters vindicirt hätten", an den Franzosen abtreten; ferner, S. 172: „die
schöne Rundung und Abgeschlossenheit der Fabel, welche man bisher H. zum besondern Verdienst angerech-
net hat, findet sich gleichfalls bei Chretien, und beide
Dichter dürften ihr Verdienst in dieser Beziehung an die
wälsch-bretagnische Fabel abgeben müssen". Auch diesem
Ausspruche, so treffend er in manchen Punkten ist, können wir nicht in seinem ganzen Inhalte beipflichten. Derselbe beruht auf der, wie wir weiter unten sehen werden,
falschen Voraussetzung, dafs das Mabinogi von der Frau
des Brunnens die unmittelbare Quelle gewesen, nach der
Chrestien gearbeitet hat*). Dadurch wird das Urtheil
über die Verdienste des französischen Dichters um die
Gestaltung des Stoffes von vornherein beeinflufst. Ferner
läfst obiger Ausspruch in seiner sehr allgemein gehaltenen
Fassung die Eigenthümlichkeiten keines der beiden Dichter in genügender Schärfe hervortreten, so dafs wir uns
danach ein volles Bild von der Art des Schaffens, den
Schwächen oder Vorzügen, den Wechselbeziehungen beider machen könnten. Endlich müssen wir eine schöne Ab-
rundung der Fabel bei Chr. und H. sowohl, als in dem
Mabinogi von der Frau des Brunnens entschieden in Ab-
rede stellen, ein Tadel, dessen Begründung wir weiter unten versuchen. Wer die Lösung der Aufgabe übernimmt,
das Verhältnifs beider Dichter so zu beleuchten, dafs die
Frage nach dem beiderseitigen Verdienst als erledigt be-
trachtet werden darf, der mufs seinen Vergleich nicht auf

---

*) Aehnlich sagt Gervinus, a. a. O. 3. Aufl. S. 400: „das wälische Mär-
chen von der „Frau des Brunnens" zeigt uns die Erzählung von dem Löwenritter in der nationalen und ursprünglicheren Gestalt; es ist die nähere
oder entferntere Quelle Chretien's von Troyes, und von dessen englischer
und deutscher Bearbeitung".

das ganze und große, auf eine Nebeneinanderstellung ganzer Theile der beiden in Rede stehenden Gedichte beschränken: er muß ihre Abweichungen und Uebereinstimmungen bis in die einzelnen Verse, ja Worte, verfolgen: er muß bei jeder Verschiedenheit, auch wenn sie sich auf Kleinigkeiten, auf Nebenwerk bezieht, nach dem Warum? fragen. Eine solche Untersuchung der Einzelheiten ist in dieser Arbeit nicht beabsichtigt; wir wollen uns vielmehr darauf beschränken, die beiden andern Fragen, welche wir oben als unbeantwortet bezeichneten, nach dem Maße der uns verliehenen Kräfte und Hilfsmittel zu erledigen, und zum Schluß ganz im allgemeinen das Verdienst beider Dichter im Lichte der gewonnenen Resultate hervortreten zu lassen.

Was die zweite, noch unerledigte Frage betrifft, so haben wir den Versuch nicht gescheut, die Quellen Chrestien's aufzufinden. Es ist uns nicht gelungen, dieselben nachzuweisen. Nachdenken aber und eine, wir hoffen nicht allzugewagte Combination, namentlich auch Rücksichtnahme auf das Mabinogi lassen auch aus dem was uns vorliegt, wenigstens die verschiedenen Einzelsagen, welche im Gedichte Chrestien's (wir können nicht sagen, verschmolzen) aneinandergereiht sind, erkennen und von einander sondern. Wir hoffen dadurch, daß wir diese Trennung ausführen, einen nicht ganz unwesentlichen Beitrag zur Entstehungsgeschichte zweier Gedichte zu liefern, welche zu den bedeutendsten Hervorbringungen der erzählenden Kunst bei zwei Völkern gehören.

Ich habe mir nicht verhehlt, daß es ein Wagniß ist, und anmaßend erscheinen muß, bei Dichtern wie H. und Chr., denen bereits so viele und bedeutende Gelehrte ihren Fleiß und Scharfsinn zugewandt haben, abermals die Frage nach dem gegenseitigen Verdienst besprechen und Untersuchungen mittheilen zu wollen über ihre Quellen, deren Erforschung bereits vielfach vergeblich versucht worden ist, und die auch wir nicht entdeckten, denen wir mit den gegenwärtig vorhandenen Hilfsmitteln nur ein wenig näher rücken konnten. Möge dies Wagnifs eine Erklärung und Entschuldigung finden in längerem liebevollem Studium, das wir dem deutschen Dichter zuwandten, namentlich in Bezug auf die Gedankenfäden, welche sein Werk durchziehen, sowie in eingehenderer philologischer Beschäftigung mit Chrestien.

Bei den Vorarbeiten, namentlich aber bei Beantwortung der dritten unter den an die Spitze gestellten Fragen: welche unter den verschiedenen Versionen der französischen Erzählung unserm Landsmanne vorgelegen habe, kam uns die sorgfältige Ausgabe des Chevalier au Lyon, von Holland nach Ms. 73, Cangé, der Pariser Bibliothek veranstaltet *), namentlich aber eine Abschrift der Vaticanischen Handschrift (Christina 1725) zu statten, deren Benutzung uns Herr Prof. A. Tobler, der sie während eines Aufenthaltes in Rom genommen, freundlichst gestattete, wofür wir unsern herzlichsten Dank hier abstatten. Diese Handschrift, aus welcher A. Keller **) in seiner *romvart* die Vv. 1 — 1981 und 6881 — 6900 mitgetheilt hat, ist für die Textkritik von grofser Wichtigkeit, und mit der Veröffentlichung derselben würde der romanischen wie deutschen Philologie ein willkommener Dienst geleistet werden.

Wir beschäftigen uns zunächst mit der Frage nach den Quellen Chrestiens; denn diese mufs beantwortet sein, bevor wir im Stande sind zu ermessen, welche Schwierigkeiten der französische Dichter zu überwinden, wieviel dichterische Begabung und Geschick er aufzuwenden hatte, um aus dem ihm gegebenen ein Kunstwerk wie den Chevalier an Lyon herzustellen. Es hat bisher nicht gelingen wollen, eine Quelle zu entdecken, aus welcher Chrestien unmittelbar geschöpft haben könnte. Den altfranzösischen Prosaroman von Lanzelot, welcher denselben Gegenstand behandelte, dürfen wir füglich unberücksichtigt lassen, da derselbe, wie Holland a. a. O. p. 132—142**) überzeugend

---

*) Li romans dou Chevalier au Lyon von Chrestien von Troyes, herausgegeben von Dr. Wilhelm Ludwig Holland, Hannover 1862. Cf. daselbst Vorwort, p. V.
**) Vgl. auch Holland a. a. O. p. 172.

nachweist, jünger ist, als Chrestien's Gedicht. Was das Mabinogi von der Frau der Quelle *) anbetrifft, so dürfen wir, wie aus dem unten folgenden Vergleich noch deutlicher hervorgeht, annehmen, daſs nur ein mittelbarer Zusammenhang zwischen der wälischen Erzählung und Chrestien's Gedicht stattfindet. Beide beruhen nämlich, wie einzelne auffallende Gleichheiten ausweisen, auf einer gemeinsamen Quelle, und zwar ist das Mabinogi eine ältere Version einer Sammlung von Sagen, welche den wunderbaren Brunnen und den Ritter mit dem Löwen behandeln, als die Erzählung Chrestien's, nicht aber die Quelle jener, wie dieses von St. Marte, a. a. O. S. 39, 40, Villemarqué, S. 116 f. behauptet wird **). Wenn wir nun auch nicht Stande sind, die beiden Versionen gemeinschaftliche Quelle aufzufinden, so reicht doch dasjenige, was im Mabinogi mit der Erzählung Chrestien's übereinstimmt, hin, um die Hauptmomente der Geschichte Laudine's und Iwein's, und damit einen wesentlichen Theil des Stoffes, wie er Chrestien vorgelegen haben mag, herzustellen; ob diese Quelle in einer lateinischen Prosa bestand, wie de la Rue irgendwo andeutet, oder in einem wälischen oder französischen Märchen- oder Liederbuche, läſst sich nicht entscheiden, ist auch nicht von groſsem Belang.

Die hauptsächlichsten Puncte, in welchen das Mabinogi mit Chrestien's Erzählung ***) übereinstimmt, sind folgende:

---

*) Guest, Mabinogi I, 39—299; französische Bearbeitung bei Th. de la Villemarqué, contes populaires des anciens Bretons I, p. 233—299; St. Marte, Arthursage, p. 99—125.

**) Diese Ansicht ist zuerst von W. Müller aufgestellt worden. Er sagt Gött. gel. Anz. 1843 St. 101, p. 1008: Hier weiche ich abermals von der Ansicht des französischen (Villemarqué) und des deutschen Uebersetzers (San Marte) ab, welche beide zu sehr die Mabinogion als Quellen der französischen Gedichte ansehen: Herr de la V. indem er die nicht unbedeutenden Abänderungen des *chevalier au lyon* mehr als willkürliche Aenderungen Chrestien's ansieht, während doch die sehr zahlreichen Verschiedenheiten bei der Erzählung derselben Abenteuer und die geänderte Ordnung mancher andern, sonst sich entsprechenden Begebenheiten und einzelne Zusätze hinlänglich zwei von einander unabhängige Sagengestaltungen aufdecken.

***) vgl. auch den eingehenden Vergleich beider Erzählungen bei Villemarqué a. a. O. I, p. 116 ff.

Der Hofhalt Arthurs, (bei Chr. zu Carduel, im Mabinogi zu Caerlleon am Usk) die Erzählung Kalogreant's (Kynon's im M.). K. beschreibt das gastliche Schlofs im Walde, den Waldschrat, die Quelle in allen Einzelheiten in beiden Erzählungen gleich, auch der Zweikampf, in welchem Kalogr. besiegt wird, und was ihm folgt, ist mit merkwürdiger Uebereinstimmung sogar in Einzelheiten geschildert; vgl. Mab. I, 49, 50: *and he did not even bestow so much notice upon me as to imprison me* und Chrest. 540 ff.: *c'onques puis ne me regarda, mon cheval prist et moi leissa.* — Mab. I, 50: *and that night I came to the same castle where I had been the night preceding. And I was more agreeably entertained that night than I had been the night before, ... and none of the inmates alluded to my expedition to the fountain,* und Chr. 559 f.: *quant je ving la nuit a ostel, trovai mon oste tot autel, ausi lie et ausi cortois, come il avoit este einçois* (Lesart des Vat., der hier besser scheint als Ms. Cangé 73); *onques de rien ne m'aparcui ne de sa fille ne de lui, que moins volentiers me veissent... qu'il avoient fet l'autre nuit:* Mab. I, p. 57: *The couch which the maiden had prepared for him was meet to Arthur himself; it was of scarlet and fur* etc: und Chrest. 1038 f.: *Sel mena seoir sor ·I· lit, covert d'une coute si riche qu'ainz n'ot tel li dus d'Osteriche.* Das Mabinogi hat (häufiger in der ersten, als in der letzten Hälfte), eine naive, ursprüngliche, ganz dem Ton des Volksmärchens angemessene Weise, die Heftigkeit des Eindruckes, den eine Erscheinung oder ein Ereignifs macht, zu beschreiben, dadurch dafs es dasselbe mit etwas vorher geschehenem oder erzähltem vergleicht, und dann sagt: das Ereignifs war weit gewaltiger, als ein vorhergegangenes, oder: das Erstaunen, Entsetzen, die Furcht eines Ritters war weit gröfser als die ähnlichen Gefühle eines andern gewesen waren, oder endlich: dieser Ritter war viel erstaunter als man ihm sagte, dafs er sein würde. Beisp. sind: 5. 45, 46: *and there was I three times more astonished at the number of wild animals that I beheld, than the man had said I should be: ib: Huge of sta-*

ture as the man had told that he (der Waldschrat) *was, I found him to exceed by far the description he had given me of him. As for the iron club, which the man had told me, was a burden for two men, I am certain it would be a heavy weight for four warriors to lift;* - p. 48: *and thereupon behold the thunder came, much more violent than the black man had led me to expect;* p. 53: *and, lo, the thunder was heard, and after the thunder came the shower; much more violent than Kynon had described;* p. 65: *and the stature of the black man was more surprising to Arthur than it had been represented to him.* Eine auffallende Uebereinstimmung mit dieser Manier beobachten wir in Chr.'s v. 780 f.: *et an la pucele revit de san et de biaute cent tanz que n'ot conte Calogrenanz:* Diese Verse sehen, abgerechnet die Zahl der Mädchen, fast aus wie eine Uebersetzung von Mab.: p. 52 *and their beauty, and their comeliness seemed to Owein gar greater than Kynon had represented to him.* — Nach Kalogrenant's Erzählung wünscht Iwein (von dessen Vetterschaft mit Kalogrenant das Mabinogi übrigens nichts weifs) das Abenteuer zu bestehen, wobei (Mab. p. 51) Keu's spöttischer Sinn sich äufsert. Es folgt in beiden Darstellungen Iweins Ankunft an der Quelle und sein Kampf mit dem Beschützer derselben, die Flucht des letzteren und die Fallthür; Iwein's Gefangenschaft, Lunete und ihr Ring, der Leichenzug und in demselben die leidtragende Laudine (Mab. p. 58, Chr. 1144 ff.). Plötzlich wird Iwein von Liebe zu ihr ergriffen, Lunete wirbt für ihn, er wird angenommen und die Hochzeit findet statt. Gemeinsam ist hierauf wieder beiden Erzählungen Arthur's Zug nach der Quelle, (Mab. p. 64 f., Chrest. v. 2171 f.) und Keu's Gefecht mit Iwein. Im Mab. schliefst sich unmittelbar an dies der Kampf der beiden Freunde Iwein und Gawein, welche sich gegenseitig nicht erkennen. Er wird auch hier wie bei Chr. durch die Erkennung unterbrochen und es folgt dann der edelmüthige Wettstreit, in welchem jeder von beiden sich bestrebt, dem Gegner den Sieg zu lassen. Hierauf finden grofse Festlichkeiten in Laudinen's Schlosse statt, und am Ende derselben bittet Iwein (im Mabin. der König selbst für ihn) die Schlofsherrin, auf einige Zeit an Arthur's Hof ziehen zu dürfen. Er erhält Urlaub auf bestimmte Zeit (bei Chr. 2562 f. ein Jahr, im Mab. 770 drei Monate), bleibt aber über die Frist von seiner Gemahlin fern. Auffallende Uebereinstimmung zeigt wieder die Botschaft Laudinen's an Iwein, durch welche sie dem Säumigen ihren Zorn kund thut (Mab. p. 70 und Chr. 2704—2707, 2777). Iwein's Wahnsinn. Die Gräfin mit dem heilenden Balsam, von welchem übermäfsig viel verbraucht wird (Mab. p. 71 und Chr. 2960 f.). Hierdurch erfolgt Iwein's Genesung. Nachdem er den Grafen Alier, welcher seine Retterin befehdet, besiegt, begibt er sich wieder auf die Fahrt und besteht das Abenteuer mit dem Löwen und der ihn bekämpfenden Schlange. Die überraschendste Uebereinstimmung zeigen beide Erzählungen in der Beschreibung des Zusammenlebens Iwein's mit seinem Löwen (Mab. p. 76 und Chr. 3148—3469). Es folgt dann Iwein's Zusammentreffen mit der gefangenen Lunete. Iwein erfährt die Ursache ihrer Haft, verspricht Hilfe und reitet fort, Nachtherberge zu suchen. Er trifft das Schlofs, welches von dem Riesen heimgesucht wird und tödtet diesen Unhold mit Hilfe des Löwen. Dann eilt er zu Lunete zurück und befreit sie durch Besiegung ihrer Widersacher, abermals von dem Löwen unterstützt. Hiernach begiebt er sich (im Mab. sofort, bei Chr. erst nach mannigfachen ferneren Abenteuern) zur Dame von der Quelle zurück und versöhnt sich mit ihr. — Die hauptsächlichsten Verschiedenheiten, welche wir in den beiden Erzählungen beobachten, sind Folgen einer verschiedenen Anordnung, Reihenfolge und Verbindung der erzählten Ereignisse. Chrestien zieht die Zeit von Iwein's Hochzeit bis zu seiner Trennung von Laudinen, welche im Mab. drei Jahre ausmacht, mit richtigem Gefühl für dramatische Wirkung, zu drei Wochen zusammen. Der Zug Arthur's und Gawein's nach der Quelle wird bei Chr. schon vor Iwein's Abgange dahin

vorbereitet und motivirt, (v. 660—670) im Mab. wird derselbe (p. 70) vom König unternommen, um den seit drei
Jahren verschollenen Iwein aufzusuchen. Der Zweikampf
der Freunde Iwein und Gawein, welcher sich im Mab.
ohne besonders hervorzutreten, und ohne grofse Theilnahme
zu erregen, als letzter an eine Reihe anderer Zweikämpfe
anschliefst, wird bei Chr. höchst kunstvoll und geschickt
vorbereitet, und zum Gipfelpuncte eines besondern, langen
und sorgfältig ausgearbeiteten Abenteuers gemacht. Die
übrigen Verschiedenheiten beziehen sich mehr auf Einzelheiten und Nebendinge, und rühren meistens von der Verschiedenheit der dichterischen Auffassung her, welche letztere Verschiedenheit sich zum grofsen Theil in geänderten
gesellschaftlichen Zuständen und Anschauungen — der
Compilator des Mabinogi arbeitete offenbar früher als Chrestien, und unter älteren Anschauungen und Verhältnissen,
da bei ihm das ritterlich-romantische und der Frauendienst
noch im Entstehen und unentwickelt sind — sich gründet.
Chrestien will alles motiviren. Er beschreibt psychologische
Affecte, wo das Mabinogi sich auf blofses Erzählen von
Thatsachen beschränkt, Chr. läfst das Gemüth seines Iwein
von den verschiedenartigsten Empfindungen durchwogt und
erschüttert werden, während der Owein des Mab. meist
gar nichts denkt und fühlt. Die gefangene Lunete z. B.
wird in der Kapelle am Wunderbrunnen gefunden, an einem
Orte, wo jeder Gegenstand seinem gequälten Gemüthe Er-
innerungen wach ruft, die ihn zur Verzweiflung und fast
zum Selbstmorde treiben; am folgenden Morgen geräth er
durch das Zögern des Riesen, der die Neffen seines Freun-
des Gawein tödten will, in eine furchtbare Collision der
gegen den Freund und gegen Lunete zu erfüllenden Pflich-
ten. Bei allen diesen Verschiedenheiten, welche in der
Subjectivität der Dichter ihre Erklärung finden, läfst die
mit wenigen Ausnahmen gleiche Anordnung, Reihenfolge
und Verbindung der Abenteuer, die oft merkwürdige Uebereinstimmung in Einzelheiten keinen Zweifel aufkommen
gegen die Annahme, dafs bei Schilderung der Begebenhei-

ten, welche das Mab. und der *chev. au lyon* gemein haben,
beide Verfasser aus einer gemeinsamen Quelle schöpften.

Diese Quelle wird aber nicht mehr eine einzelne und
einheitliche Volkssage in ihrer ursprünglichen, volksmäfsigen
Gestalt, sondern eine Anzahl zerstreuter oder, wahrschein-
licher, eine zum Zweck des Erzählens zusammengestellte
Sammlung mehrerer, in verschiedenen Zeiten entstandener,
Erzählungen, die sich an den Namen eines Helden ange-
schlossen, gewesen sein, wie folgende Betrachtung zu be-
stätigen versucht:

Im ersten Theile des Mabinogi (d. i. in der Beschreibung des wunderbaren Brunnens), und der Geschichte der
Erwerbung Laudinen's durch Iwein, bis zur prächtigen
Bewirthung des Königs, hält sich die Erzählung streng,
und ohne nur einen Blick zur Seite zu werfen, an die
Sage von der Frau und ihrem wunderbaren Brunnen; es
erzählt solche Ereignisse, die sich wiederholen, nach der
Weise des Volksmärchens unermüdlich mit derselben Aus-
führlichkeit und denselben, refrainartig wiederkehrenden
Ausdrücken *); es läfst in diesem ersten Theile den König
seinen Vasallen gegenüber noch Meth- und Gastmahls-
spender sein **); auf deren Empfang sogar hervorragende
Helden wie Kynon gar begierig sind; es zeigt uns die
Königin mit ihren Frauen am Fenster des Saales Nadel-
arbeit verrichtend, während der König in demselben Raume
schlummert — kurz, wir befinden uns an dem Hofe eines
Fürsten, an dem noch patriarchalische, vom Glanz des
spätern Mittelalters weit entfernte Einfachheit herrscht.
Dieser uralteinfältige Ton steht in lebhaftem Widerspruch
mit der Schilderung und Charakterbeschreibung im zweiten
Theile, welcher die Erzählung von Laudinen's Zorn enthält.
Hier ist nach der Weise der *romans d'aventure* ein Abenteuer in das andre verflochten, die Erzählung strebt nicht
gerade auf ihr Ziel los. Drei verschiedene Abenteuer, die

---

*) cf. die Beschreibungen der Quelle und ihrer Wunder, p. 47, 49, 53, 66;
des Weges zum gastlichen Schlosse p. 41, 52, 64 u. s. w.

**) p. 40.

nur gewaltsam in Zusammenhang gebracht werden, können in diesem Theile von einander gesondert werden, nämlich 1) der Zorn Laudinen's, mit welchem dann der Wahnsinn Iwein's so wie seine Heilung durch die Gräfin und die endliche Versöhnung nothwendig zusammenhängt. In diese Erzählung ist 2) diejenige von der Rettung des Löwen und von Lunete's Gefahr und Rettung eingelegt, und diese wird 3) abermals durch die Schilderung des Kampfes mit dem Riesen unterbrochen. Hier verräth der Verfasser des Mab. durch einen Widerspruch, dafs er selbst, oder derjenige, der die ihm etwa vorliegende Sammlung compilirte, nach zwei Quellen arbeitete. S. 77 erfahren wir, dafs *two of the pages of the countess's chamber* sie in *the stone vault* eingekerkert haben, woraus wir schliefsen, dafs dieses *stone vault* nahe bei der *countess chamber* liegt. Nichts desto weniger wird p. 81 unmittelbar nach der Rettung Lunete's gesagt: *Then Owein returned with Lunet to the dominions of the countess of the fountain.* Der Schreiber des Mab. hatte vergessen, dafs der Held beim Beginn des eingeschobenen Abenteuers sich, nach der zweiten Quelle, bereits in den *dominions* der Gräfin befand; er schliefst mit den angeführten Worten unmittelbar an die Situation S. 75 an, wo Iwein sich, der ersten Quelle zufolge, in fremdem Lande, bei der Gräfin, die ihn vom Wahnsinn heilte, aufhielt. — Die Verschiedenheit dieses zweiten Theiles vom ersten erhellt auch namentlich aus einer Aenderung, die mit fast allen Characteren vorgeht. Die Ritter, und besonders die Frauen, erscheinen bedeutend veredelt: namentlich wird aus der ungebildeten, leidenschaftlich-begehrlichen, am Todbette ihres Gemahles bereits wieder heirathslustigen Bretagnerin Laudine die hochempfindliche, feinfühlende, an Minnedienst gewöhnte und defshalb wegen einer Versäumnifs heftig und beharrlich zürnende Ritterdame des romantischen Mittelalters gemacht *). Prüfen wir nun diese Bre-

---

*) Dafs das Mabinogi bereits eine Compilation verschiedener Sagen wiedergibt, hat bereits Gervinus gesehen: Er sagt (3. Aufl.) p. 401: man

tagnische Ueberlieferung in Bezug auf ihren moralischen
Gehalt, so muſs uns in erster Reihe das Betragen Laudine's,
welche dem Mörder ihres kaum begrabenen Gemahles die
Hand reicht, empören. Solches Betragen ist nur bei äuſser-
ster Rohheit der Seele denkbar, wird aber trotzdem von
der Erzählung durchaus nicht als verwerflich hingestellt:
im Gegentheil, daraus, daſs die Erzählung den Schritt der
Dame als das Ziel von Iwein's Wünschen hinstellt, muſs
geschlossen werden, daſs sie ihn billigt. Eine Volkssage
ist gewöhnlich moralisch rein, das böse triumphirt in ihr
selten oder nie. Daher muſs die Quelle des Mabinogi bereits eine Trübung durch kunstmäſsige Verarbeitung erfahren haben. Dafür, daſs die Quelle, welche den Dichtern
zu Grunde lag, keine einheitliche war, ist ein fernerer Be-
weis die Unwahrscheinlichkeit, daſs Iwein, nachdem er die
Nachricht von dem Zorn seiner Gattin erhalten hat oder
doch spätestens, nachdem er aus dem Wahnsinn erwacht
ist, nicht sofort eilt, Laudinen's Verzeihung zu erflehen,
die ihn beide Darstellungen doch nachher erbitten lassen.
Der Compilator der Sagensammlung, welche dem französischen wie dem wälschen Dichter als Quelle diente, hat
offenbar mit der Versöhnung und dem Schluſs der Erzählung gezögert, um Gelegenheit zu finden, einige weitere
von Iwein bestandene Abenteuer in die Erzählung einzu-
legen. — Stellen wir nun dieser Sagensammlung mit ihren
unverdeckten Rohheiten und Härten, das, wenn auch bisweilen zu weitschweifige, so doch im allgemeinen zierliche
und glatte Kunstwerk Chrestien's gegenüber, so staunen
wir über den Abstand zwischen beiden, über die gewaltige
Veränderung, welche mit dem Stoffe vorgegangen ist.
Naturgemäſs ergibt sich hier die Frage, ob alle diese Ver-
änderungen, die feinen psychologischen Bemerkungen, die
Verbindungen und Uebergänge zwischen den einzelnen
Aventüren Chrestien's Eigenthum sind, ob es nicht Zwischen-

---

gewahrt die geschichtliche Erweiterung, das Einschieben fremder Abenteuer,
das Ausmalen und zwecklose Verfolgen von Nebenscenen schon hier, das im
Verlauf der Romanbildungen so ungeheuer überhaud nahm.

stufen gegeben hat zwischen Darstellungen des Lebens Iwein's, die sich etwa auf der poetischen Höhe des Mab. halten, und Chr.'s Werk *). Die Antwort auf diese Frage kann bis jetzt nicht gegeben werden. Und so lange dies nicht geschieht, kann uns Niemand wehren, die Schönheiten und das bedeutende, was sich in Chr.'s Löwenritter findet, für des Dichters Eigenthum zu halten. Ganz ohne Grund werden nicht die Dichter mehrerer Jahrhunderte den Meister Chrestien von Troyes zu den ersten unter den höfischen Dichtern Frankreichs gerechnet haben **). Wenn es ferner ein Werk über Iwein gegeben hat, das nur annähernd dem

---

*) cf. Holland, a. a. O. p. 261, 262.

**) cf. Einleitung zum Tornoiement Antechrist von Huon de Mery, Rheims 1851:

> por ce que mort est Chrestiens,
> de Troies qui tant ot de pris
> de trover, ...

und zwei andere Stellen aus demselben Gedichte, welche Holland a. a. O. p. 257, 258 anführt. Chrestien's Mitarbeiter, Geoffroy de Leigny, sagt im Chevalier de la Charette, 7102 (éd. Ionckbloet)

> Godefroiz de Leigni, li clers,
> a parfinee la Charrete;
> mes nus hom blasme ne l'an mete,
> Que sor Crestien a ovre,
> or il l'a fet par le bon gre
> Crestien, qui le comenca:

Leigny würde gewifs eine solche Entschuldigung nicht für nöthig gehalten haben, wenn es ihm nicht als ein Wagnifs erschienen wäre, als des hochgefeierten Chr.'s Fortsetzer vor die Oeffentlichkeit zu treten. Nach Holland a. a. O. p. 211 schreibt ein frz. Dichter des 13. sec. Namens Gerbert, in einer Fortsetzung von Chrestien's conte de graal:

> ce nus dist Crestiens de Troie,
> qui de Percevax comencha,
> mais la mors qui l'adevancha
> ne li laissa pas traire affin . . .

Rom. du Hen, bei Holland a. a. O. p. 215 angeführt

> Oï aves des Troyens
> et du remant que Crestiens
> trova si bel de Perceval
> des avantures du graal,
> ou il a maint mot delitable . .

Jubinal, jongleurs et trouvères p. 87 f.:

> le romanz de Percheval
> fist Crestiens . . .

(auch bei Bartsch, Chrest. de l'ancien franç. p. 327, 22 f.): Holland p. 244 bringt die Stelle aus dem Chevalier a l'espee, v. 187:

> Crestien de Troies
> qui sot dou roi Artu conter . . .

Verdienste der Chr.'schen Erzählung gleich kommt, so liegt es nicht aufser der Wahrscheinlichkeit, dafs es noch vorhanden ist. Bei der Beliebtheit des Stoffes — von Island bis zur Provence, von der Westküste Britanniens bis zum baltischen Meere sang man Iwein's Thaten *) — würde eine gute Bearbeitung wohl zweifellos eine hinreichende handschriftliche Verbreitung · gefunden haben, um nicht gänzlich verloren gegangen zu sein.

Chrestien von Troies hat sich nicht mit den Erzählungen oder der Sammlung von Sagen begnügt, die dem Mabinogi zu Grunde lag, er mufs vielmehr noch anderweitige Quellen benutzt haben. Er hat in den Rahmen seiner Erzählung aufser den dort gegebenen Abenteuern noch die grofse Episode von dem Erbstreit der Töchter des sire de la Noire Espine aufgenommen, welcher durch den Zweikampf der Freunde Iwein und Gawein ausgemacht werden soll (4695—5098 und nachher 5803—6497), und in diese Episode wird dann (5098—5803) die Schilderung der Gefahren, welche der Held im Schlosse *de la pesme aventure* besteht, eingeschaltet. Diese grofsen Zusätze, in sich mit Sorgfalt und Geschick ausgeführt, erhöhen nicht den Werth des Gedichtes als Kunstwerk, stören vielmehr die poetische Rundung, welche San Marte, p. 172 an Chrestien's Werke besonders lobt **). Statt einer einheitlichen, der Auflösung entgegenstrebenden Handlung erhalten wir deren zwei, welche unsre Theilnahme in gleichem Mafse in Anspruch nehmen, und sich gegenseitig im Wege stehen: Ueber dem Wunsche, den Ausgang des Zweikampfes Iwein's mit Gawein zu erfahren, wird die Dame der Quelle dem Gedächtnisse des Lesers völlig entrückt. In der Erzählung von dem unheimlichen Schlosse endlich, in welchem sich Abenteuer auf Abenteuer häuft und eine Gefahr die andere jagt, glauben wir bereits tief im 13. sec. zu stehen, dessen

---

*) vergl. die Stellen bei Holland, a. a. O. p. 176; Mabin. I, 230; Flamenca, éd. Meyer v. 594, auch bei Bartsch, Chrest. provençale, 2. Aufl. p. 292, 10.

**) vgl. diese Stelle oben, p. 8 dieses Aufsatzes.

romans d'aventure sich lediglich darin gefiel, möglichst viele wunderbare Ereignisse, ohne zarte Rücksicht auf innern Zusammenhang, aneinanderzureihen *). Namentlich die letztere Einschaltung bleibt mir bei einem so geschickten Dichter völlig unbegreiflich, besonders da ihm der Vorzug einer schnell dem Ende zueilenden Erzählung durchaus nicht unbekannt war, wie aus der Einleitung zum Guillaume d'Angleterre hervorgeht, wo er sich das Gesetz gibt:

> *mais que par le comte s'en aille:*
> *ja autre conte ne prendra;*
> *la plus droite voie tenra*
> *que il onques porra tenir,*
> *si que tost puist a fin venir*

(Guill. d'Anglet. éd. Michel v. 6 f.).

Beide Einschiebsel hängen in keiner Weise mit der Sage von der Frau des Brunnens zusammen. Nur im ersteren hat der Verf. eine überaus dürftige und magere Beziehung zwischen den Personen dieser Sage und derjenigen von den Töchtern des Herren de la Noire Espine dadurch herzustellen versucht, daſs v. 4936 ff. die Botin der enterbten Schwester sich bei Luneten Auskunft über das Verbleiben Iwein's holt. Der Sage vom castle de la pesme aventure fehlt sogar ein solcher Schein der Zusammengehörigkeit mit dem ganzen, sie steht vereinzelt und lose zwischen allen übrigen; sie enthält nicht eine einzige Anspielung auf Personen oder Ereignisse in der Sage von Laudine; sogar in der abschlägigen Antwort, welche Iwein dem Ritter gibt, der ihm seine Tochter anträgt, wo es ihm also möglichst nahe gelegt wurde, zu sagen, daſs er bereits vermählt sei, spricht der Ritter nicht hiervon. Als er nach Besiegung

---

*) über dies planlose Erzählen cf. Gervinus, 2. Aufl. I p. 395; Koberstein grdr. 1, 203 f.; ein vortreffliches Beispiel eines derartigen Romanes gibt der Atre perilleux, abgedr. bei Herrig 42, p. 148 ff., wo man auch die Einleitung nachsehe. Die einzelnen Theile jedoch, aus welchen sich diese wunderbare Erzählung aufbaut, müssen alt sein; so hat z. B. die Erzählung von Iwein's Ankunft im Flecken, der das wunderbare Schloſs umgibt, viel vom Stil der volksthümlichen Erzählung; vgl. v. 5104 ff., welche ganz die formelhafte, refrainartig wiederkehrende Frage und Antwort des Volksmärchens aufweisen.

der beiden Glotons Abschied vom Herrn des Schlosses *de la p. a.* nimmt, sagt er geradezu:

v. 5745: *revanrai ca, se j'onques puis*
et panrai vostre fille puis.

Noch auffallender tritt die Flickarbeit hervor durch die Widersprüche, in welche Chr. geräth, da er die Iwein begleitende Botin in der neuen Umgebung des *castle de la p. a* nirgend unterzubringen weiſs; sie ist dem Dichter hier überall im Wege *). Der Ritter tritt 5342, 5353 mit dem Löwen und seiner Begleiterin in den Obstgarten ein, wo die Familie des Schloſsherrn sich aufhält. Er wird allein angeredet und bedient. Beim Abendessen ist er ebenfalls allein; man hört erst v. 5445 wieder von der Jungfrau, nämlich daſs sie am nächsten Morgen mit Iwein Messe hört. Der Dichter hat sie offenbar bei der einigermaſsen zärtlichen Scene zwischen Iwein und des Schloſsherrn Tochter nicht gebrauchen können; war es doch ohnehin nicht ganz den Sitten der Ritterlichkeit gemäſs, daſs Iwein sich galant einer Fremden näherte, während er selbst einen weiblichen Schützling bei sich hatte. Da Chr. der Botin nach Beendigung des eingeschalteten Abenteuers noch weiter bedurfte, so muſste er sie, da es keinen schicklichen Vorwand gab, sie den Augen des Lesers auf einige Zeit zu entziehen, wohl oder übel mit in das Schloſs *de la p. a.* nehmen **).

Fassen wir die Resultate der vorstehenden Betrachtung zusammen, so ergibt sich, daſs der Stoff, den Chrestien verarbeitete, sich in sechs verschiedene, von einander unabhängige Aventüren auflöst, von denen das Mabinogi bereits vier in derselben Anordnung bringt, zwei aber, die jenes nur andeutet ***), von Chrestien in ungezügelter Er-

---

*) Vergl. auch Benecke zu Iwein, v. 6432, p. 838 und hierzu Lachmann's Nachtrag p. 839.

**) Der engl. Dichter des Ywaine und Gawaine läſst das Mädchen stets in der Nähe Iwein's, wo sie sich dann mitunter recht unglücklich ausnimmt.

***) Der Zweikampf Iwein's und Gawein's findet sich, wie wir sahen, bereits im Mabinogi; und dieses weist p. 82 ff. eine Art Nachtrag auf, welcher zählungslust, und höchst wahrscheinlich unter Benutzung anderweitiger Quellen lang und breit ausgesponnen und in die eigentliche Handlung eingefügt werden, deren schöne Rundung dadurch verloren geht. Die sechs Einzelsagen sind:

1) die Geschichte des wunderbaren Quells und der Verheirathung seiner Besitzerin mit Iwein.

2) der Zorn Laudinen's, Iwein's Wahnsinn, Heilung und Versöhnung. In 2) ist eingeschoben:

3) der Löwe, die Gefahr und Rettung Luneten's mit Hilfe des Thieres. In 3) ist wiederum eingeschaltet:

4) die Befreiung der Neffen Gawein's aus den Händen des Riesen. Fernere Einschaltung in 2) ist

5) der Erbstreit der Schwestern de la Noire Espine und Iwein's und Gawein's gerichtlicher Zweikampf, und in dieses Abenteuer wird

6) die Episode vom *castle de la pesme aventure* eingelegt.

Von diesen sechs Theilen waren 1—4 sicher, 5 und 6 vielleicht, zu einer Sammlung vereinigt, welche auch dem Verf. des Mabinogi vorlag.

Diesen, (wahrscheinlich, vgl. oben S. 13) von Chrestien zusammengestellten und angeordneten Stoff gibt Hartmann ohne irgend eine wesentliche Auslassung oder Aenderung in der Reihenfolge, mit allen seinen Längen und Unzukömmlichkeiten, in seinem Iwein wieder. Hierauf bezieht sich Lachmann, wenn er (Vorrede zu Iwein p. IX) sagt: „durch eine zu gründliche Gewissenhaftigkeit hat er (H.) sich einmal, wie mich dünkt, zu einer gar langweilig aufhaltenden Erzählung (nämlich zur Geschichte des *castle de la p. a.*) verleiten lassen" etc. Aus einer andern Quelle als dem Chevalier au Lyon ist die v. 4528—4715 eingelegte Stelle geschöpft, welche die Wegführung Genevie-

<hr>

Iwein und seine Gemahlin nach erfolgter Versöhnung an Arthur's Hof ziehen und in einem Schlosse einkehren läfst, das mit dem *castle de la p. a.* in einigen Einzelheiten übereinstimmt. Lachmann, Vorrede zu Iwein p. IX, erklärt beide geradezu für identisch, was wohl gewagt ist.

vre's durch Meleagant und die Verfolgung des Entführers durch Keu und andre Ritter der runden Tafel beschreibt. Ein so schwaches Stück wie dies, — es ist katalogisirende Epik, — dürfte sich in Chrestien's sämmtlichen Werken kaum finden. Die unmittelbare Quelle dieser Einschaltung ist bis jetzt nicht nachweisbar. Von Chrestien's Werke liegen in verschiedenen Manuscripten ziemlich abweichende Versionen vor, und es ist, wie wir bereits in der Einleitung dieses Aufsatzes sagten, eine unbeantwortete Frage, welche dieser Versionen Hartmann seinem Gedichte zu Grunde legte. Die Pariser Manuscripte *Cangé* 73 und *supplém. franç.* 210 müssen, wie uns ein eingehender Vergleich gezeigt hat, zu éiner Familie gehören, d. h. aus einer gemeinsamen Quelle geflossen sein, welche von der des Ms. Vatic. Christina 1725 verschieden ist. Dies Vaticanische Manuscript scheint die älteste Version zu sein, in welcher uns Chr.'s Werk vorliegt, denn sie hat

1) wo sie in den Reimen von den pariser Handschriften abweicht, fast durchgehend einfache Reime, während die Pariser Handschriften, zuweilen in nachtheiliger Weise für den Sinn, reiche und rührende Reime bringen, z. B. 1309—1310 hat Cangé 73 den reichen Reim:

$$\left.\begin{array}{l} abaissiez \\ leissiez \end{array}\right\} \text{ gegen Vat.:} \left\{\begin{array}{l} trespassez \\ leissiez. \end{array}\right.$$

$$1395—1396: \text{ Cangé } 73: \left\{\begin{array}{l} sejorner \\ atorner \end{array}\right., \text{ Vat.:} \left\{\begin{array}{l} demorer \\ atorner \end{array}\right.$$

$$1845—1846: \text{ Cangé } 73: \left\{\begin{array}{l} remanderoiz \\ demanderoiz \end{array}\right., \text{ Vat.:} \left\{\begin{array}{l} remanderez \\ conseillerez \end{array}\right.$$

$$2401—2402: \text{ Cange } 73: \left\{\begin{array}{l} reclamez \\ clamez \end{array}\right., \text{ Vat.:} \left\{\begin{array}{l} honorez \\ clamez, \end{array}\right.$$

an welch' letzterer Stelle also Cangé 73 rührenden Reim herstellt. Wir brauchen kaum hinzuzufügen, daſs die hier sowie unten angeführten Stellen nur auf's gerathewohl aus der Unendlichkeit entsprechender Beispiele herausgegriffen sind, mehr um unsre Behauptungen zu verdeutlichen, als um sie zu beweisen.

2) In zahllosen Fällen hat die Vaticanische Handschrift

Hiatus in ihren Versen, welcher von den Pariser Manuscripten getilgt wird; wenige Beispiele dieser in die Pariser Hs. eingeführten Besserungen oder Neuerungen mögen genügen:

v. 994: Cangé 73: *non, fet ele, que j'en ferai*
avoec vos ma puissance tole;
Vat.: *non certes, car ge i metrai . . .*
1006: Cangé 73: *Mes onques chevaliers n'i ot*
Vat.: *Ne onques . . .*
1158: Cangé 73: *Si se repasme a chascun pas,*
Vat.: *et se pasme a . . .*
1297: Cangé 73: *soit la vostre ame, biaz dolz sire,*
Vat.; *soit la vostre ame, dolz sire . . .*
1366: Cangé 73: *vangence en a feite greignor*
Vat.: *vangence en a pris greignor . . .* u. s. w.

3) Das im Ms. Vat. noch gewöhnlich nicht gesetzte Subjectpronomen wird in den Pariser Handschriften viele Male zur Erhöhung der Deutlichkeit, und weil der Sprachgebrauch sich dieser Constructionsart zuzuneigen begann, dem Zeitwort hinzugefügt, z. B.:

1472: Cangé: *Si qu'il n'en est ne fins ne termes,*
Vat.: *si que n'en est . . . .*
1477: Cangé: *qu'il ne l'eust pas desservi*
Vat.: *que ne l'eust . . . .*
1524: Cangé: *qu'il ne feist la demorance . .*
Vat.: *que ne feist . . .*
2031: Cangé: *en tel, s'il vos plest, a delivre*
que por vos vuel morir et vivre
Vat.: *en tel se vos plest . . . .*

4) Das Ms. Vat. ist bedeutend kürzer, als die Pariser Manuscripte, indem es etwa 550 Verse weniger enthält als Cangé 73, und 500 weniger als suppl. franç. 210. Die meisten der im Vat. fehlenden Verse bringen entweder Einzelmalerei und weitere Ausführung in Schilderungen, wie 763, 764; 829, 830; 1197—1200 etc.; andere geben verallgemeinernde oder moralisirende Reflexionen, die sich an die Handlung anschließen, wie 783—788; 3201—3206

etc.; noch andere sind nichtssagend, Chrestien's ganz un-
würdig, und scheinen ziemlich sicher Interpolationen eines
Schreibers zu sein, z. B. 1321—1324; 3853—3854; 5117
—5118 etc.

Es kann nach dieser Zusammenstellung kaum noch
einem Zweifel unterliegen, daſs das Ms. Vat. eine ältere
Version der Erzählung vom Löwenritter enthält, als éine
der beiden Pariser Handschriften. Trotzdem ist nicht diesem, sondern einem der Pariser Manuscripte die Ehre zu
Theil geworden, von Hartmann als besondere Quelle zu
seinem Iwein benutzt zu werden, wie die unten folgenden
Vergleichungen zeigen werden. Wir müssen uns also gegen die Vermuthung A. Keller's erklären, welcher in Men-
zel's Literaturblatt, 1843, No. 8, S. 32 sagt, daſs Hartmann von Owe eher (als der bei Guest herausgegebenen
Pariser Hs. 210, suppl. franç.) der Recension des Vaticanischen Ms. gefolgt sein mag, welche am Schluſs den Chrestien de Troies nicht nennt.

Die gröſsten Stücke, welche die Pariser Mss. bringen,
während Vat. sie nicht hat, sind:

Cangé 73 (bei Holland)	210 suppl. franç. (bei Guest)	Hartmann
691 — 722	p. 142, a, b	930 ff.
2685 — 2694	p. 166, a	3063 ff.
3409 — 3476	p. 174, b, 175 a	3890 ff.
3997 — 4006	p. 181, b	4803 ff.
5067 — 5078	p. 194, a, b	6056 ff.
5775 — 5790	p. 202, b	fehlt
5991 — 6106	p. 205, a — 206, b.	7015 — 7070.

Man sieht, daſs alle diese Stellen, ausgenommen éine, bei
Hartmann nachgewiesen werden können; und was jene
éine Ausnahme (die 16 Verse von 5775 — 5790) anbetrifft,
so ist dieselbe durchaus nicht maſsgebend, da H. in der
entsprechenden Partie seines Werkes das ihm überlieferte
bedeutend abkürzt. Auffallend kann es erscheinen, daſs in
dem sehr alten Ms. A. *) (Ms. Heidelb. 397) des deutschen

---

*) cf. Lachmann zu Iwein, p. 863 und p. 539 zu v. 6925.

Iwein die einzige Lücke v. 6926—7074 mit der gröfsten Lücke des Vat., der von uns zuletzt angegebenen 5991—6106, zusammenfällt. Lachmann hält dafür, dafs der Ausfall der genannten Verse in der deutschen Hs. A. vom Abschreiber herrühre, in dessen Vorschrift ein Blatt gefehlt habe, und wir sind nicht abgeneigt, ihm beizustimmen, da die Lücke im deutschen Ms. nicht nur die Reflexion über das beieinanderwohnen von Liebe und Hafs (7015—7074) sondern auch noch die Beschreibung der Zurüstungen zu Iwein's Zweikampfe mit Gawein enthält. Auf alle Fälle bleibt aber dies Zusammenfallen der Hauptlücken in den ältesten vorhandenen Redactionen eine auffallende Thatsache. — Nicht nur die gröfseren, oben zusammengestellten unter den im Vat. fehlenden Stellen sind in H.'s Gedichte nachweisbar; auch viele der kürzern Stellen, welche sich nur in den Pariser Handschriften finden, ja oft einzelne Reimpaare, welche im Ms. Vat. fehlen, sind bei Hartmann theils geradezu wiedergegeben, theils läfst sich nachweisen, dafs sie auf die Gestaltung seines Textes wenigstens mittelbaren Einflufs ausgeübt haben. Fast genau entsprechend sind folgende Stellen:

| Chev. au Lyon | (Guest) | Hartmann: |
(éd. Holland) Ms. Cangé 73.	Suppl. franç. 210	
1113 — 1114	p. 147, a *)	1279
1197 — 1200	p. 148, a	1367 — 1369
2879 — 2880	p. 168, a	3342 — 3344
3047 — 3048	p. 170, a	3612 — 3613
4140 — 4141	p. 183, a	4980
4427 — 4432	p. 186, b	5267 — 5272
4493 — 4494	p. 187, b	5347 — 5348
4749 — 4750	p. 190, b	5697 — 5698
6455 — 6456	p. 210, b	7738
6619 — 6626	p. 212, b	7908 — 7911.

---

*) Diese Zusammenstellung von Stellen, welche sich in den Pariser Mss. befinden, während sie dem Vat. Ms. fehlen, kann zugleich als Beleg für unsere Behauptung dienen, dafs die beiden Handschriften Cangé 73 und suppl. franç. 210, wenigstens im Vergleich zu der fernstehenden Vatican. Handschrift, als nah verwandt bezeichnet werden müssen.

In einer grofsen Anzahl anderer Stellen ist des deutschen Dichters Gedankengang oder Ausdrucksweise gerade durch solche Verse beeinflufst worden, welche in der Vaticanischen Handschrift fehlen. In der folgenden Stelle

v. 760: *erra chascun jor tant*

> *par montaignes et par valees*
> *et par forez longues et lees*
> *(par leus estranges et salvages,*
> *et passa mainz felons passages),*
> *et maint peril et maint destroit, ...*

fehlen dem Vat. die eingeklammerten Verse; wenn trotzdem Hartmann v. 969 schreibt:

> *und erstreich grôze wilde,*
> *walt unde gevilde ...,*

so ist eine Beeinflussung des Ausdrucks (*salvages-wilde*) durch den fehlenden Vers 763 nicht zu leugnen. Die Verse 961—964, die Pracht im innern von Esclados' Schlofs schildernd, geben Hartmann zu der ähnlichen Beschreibung 1134 — 1144 Veranlassung. Die Pariser Handschriften schalten 1321—1324 eine Reflexion in die Handlung ein:

> *car qui se desroie et sormoinne*
> *d'outrage feirl se poinne*
> *quant il en a et eise et leu:*
> *jel apel plus malves que preu,*

und diese regt Hartmann zu der ähnlichen Ausführung, v. 1502—1506 an:

> *swes sin aber sô stât*
> *daz er an allen dingen*
> *wil volbringen*
> *mit den werken sînen muot,*
> *daz emst niht halbez guot.*

Es erscheint mir nicht zu gewagt, anzunehmen, dafs grade die beiden unscheinbaren Verse 2513, 2514, welche nur die Pariser Mss. bringen, in Hartmann die Idee des häuslichen Verliegens erregt haben, welches er v. 2810—2856 so eingehend und treffend geschildert. Jene beiden Verse lauten:

mervoille est, coment en a cure
de l'eisse, qui toz jorz li dure.
Die directe Rede der Verse 3059—3060:
„Sire chevaliers, que voles,
qui a tel besoing m'apeles?"
hat Hartmann 3623—3624 in erzählender Form wiedergegeben:

und vrâget in der mære,
wie er dar komen wære;
nach dem Vaticanischen Ms., dem diese beiden Verse fehlen, ergreift hier Iwein zuerst das Wort; da auch Hartmann
die Jungfrau zuerst fragen läfst, so sind wir an dieser Stelle
ganz besonders sicher, dafs er die in den Pariser Mss.
aufbewahrte Version vor Augen hatte.

Uebereinstimmung der Gedanken ist ebenfalls nachweisbar in der Lücke des Vat.:

v. 4805—4810: *et si le desirre et demande.*
Tantost le roi a deu comande,
ne finera par tote terre
del Chevalier au Lyon querre, etc.
und Hartmann v. 5758—5760:

nû nam si urloup dâ ze hûs,
und bat ir got ruochen,
und vuor ir kempfen suochen ...
sowie in

v. 5635—5640: *por lui eidier cele part cort*
et por lui meismes secorre;
qu'a lui ne lest li lyeons corre,
quant il aura celui ocis,
que il avoit par tere mis,
et si avoit graignor peor
del lyeon que de son seignor
und H. 6764—6768:

done twelt sîn selle niuwet mê,
wan er geloupte sich des man,
und lief drâte den lewen an, ...
Selbst da, wo Hartmann gleichzeitig mit der Vaticanischen

Handschrift Verse übergeht, die sich im Ms. Cangé 73 und
suppl. franç. 210 finden, ist es durchaus nicht immer nothwendig, solche Auslassungen dadurch zu erklären, daſs die
unterdrückten Verse dem Dichter in seiner Quelle nicht
vorgelegen hätten. Meistens lassen sich innere Gründe
angeben, welche die Nothwendigkeit jener Auslassungen
zu völliger Genüge darthun. Von den ohnehin sparsamen
Beispielen solcher Uebereinstimmung Hartmann's mit der
Vaticanischen Handschrift mögen wenige genügen, das oben
behauptete zu erklären.

Die Stelle 1227—1232, welche sich in beiden Pariser
Handschriften findet (bei Guest p. 1486), nicht aber im
Vat. hat auch Hartmann ausgelassen. Dies ist aber jeden-
falls deſshalb geschehen, weil dem Dichter nach der Her-
ausforderung v. 4222—26: „Erscheine doch, feiges Gespenst,
warum fürchtest du dich vor mir, einem schwachen Weibe,
da du kühn gegen meinen Gatten warst?“ — weil ihm
hiernach die Drohung: „Wenn ich dich in meiner Gewalt
hätte, so sollte es bald aus sein mit deiner Macht! — un-
logisch und widersinnig erschien. Aehnliches gilt von der
Stelle 5549—5556. Sie ist durchaus überflüssig, und dient
nur dazu, die Erzählung auf ermüdende Weise in die Länge
zu ziehen. Hartmann hat hier, wie sonst vielfach *), das
ihm vorliegende Original geschmackvoll und glücklich ver-
kürzt.

Als Ergebniſs der vorstehenden Betrachtung dürfen
wir wohl mit einiger Entschiedenheit hinstellen, daſs Hartmann nicht die Vaticanische, sondern eine der Pariser
Versionen des Chevalier au Lyon bei seiner Bearbeitung
des Iwein vor sich hatte. Eine genauere Durchforschung
der übrigen pariser Handschriften sowie auch derjenigen
des Herzogs von Aumale würde vielleicht noch manche
interessante Aufschlüsse in Bezug auf das gegenseitige
Verhältniſs des französischen Dichters und seines deutschen

---

*) cf. H. 945—962 und Chr. v. Tr. 721—757; H. 1014—1028 und
Chr. 816; H. 1568 ff. und Chr. 1379 ff.; H. 1676—1690 und Chr. 1493—
1508 u. s. w.

Nachahmers ergeben. Befremdend ist, dafs bereits in den Jahren 1204—1205, in welchen Hartmann's Iwein entstand, aufser der älteren Version, wie sie in der Vaticanischen Handschrift vorliegt, eine erweiterte Textgestaltung des Chevalier au Lyon vorhanden war, welches Gedicht nicht wohl vor 1168 *) verfafst sein konnte. Hat vielleicht Chr. selbst, der bis zum Beginn des 13. saec. lebte, oder sein Mitarbeiter Geoffroy de Leigny bereits eine Art von zweiter Ausgabe besorgt, welche den, gerade gegen das Ende des 12. saec. in Verruf gerathenden Hiatus in den Versen tilgte, und der damals herrschenden Vorliebe für den reichen und rührenden Reim **) Rechnung trug?

Nachdem wir so die zweite der aufgeworfenen Fragen erledigt, und das äufserliche Verhältnifs erörtert haben, in welchem beide Dichter dadurch zu einander stehen, dafs unser Landsmann die Werke des Franzosen (in einer auch uns vorliegenden Version) benutzte, wenden wir unsre Aufmerksamkeit der noch unerledigten, oder wenigstens noch nicht genügend und unparteiisch beantworteten Frage nach dem innern Zusammenhange, und nach dem dichteri-Werthe beider Erzeugnisse, zu. Wir bemerken jedoch, dafs wir hier nur den allgemeinen Gedankengang wiedergeben, den unsre defsfallsige Untersuchung eingeschlagen hat, indem wir uns die Ausführung im einzelnen für eine anderweitige, gröfsere Arbeit vorbehalten.

Beide Dichter haben keinen grofsen moralischen Grundgedanken, in dessen Dienste und zu dessen Verherrlichung sie in die Saiten greifen. Nach Lachmann, Vorrede zu Iwein p. X „hat in einer ältern Darstellung Iwein die Frau des Brunnens von einem räuberischen Gemahl befreit, und es bildete zu ihrer undankbaren Härte die Treue des Löwen einen Gegensatz. Aber das war schon längst unklar geworden". Die Entstehungsgeschichte des Stoffes, wie sich dieselbe aus unsrer Ansicht über die Quellen er-

---

*) cf. Holl. a. a. O. p. 253 ff., wo die verschiedenen Ansichten über die Chronologie von Chrestien's Werken zusammengestellt werden.
**) cf. W. Grimm, zur Geschichte des Reims p. 175 ff.

gibt, verhinderte die Entwicklung einer grofsen, einheitlichen Idee. Einzelne Lieder, z. B. die beiden Erzählungen
von Laudinen's Härte und des Löwen Treue, die auch
Lachmann a. a. O. einander gegenüberstellte, wurden vielleicht ursprünglich wegen übereinstimmender, ähnlicher
oder entgegengesetzter Grundidee einander genähert und
mit einander in Beziehung gesetzt. Durch solche Verbindung verwandter Sagen, denen der off'ne gesunde Sinn
des Volkes das gemeinsame abzulauschen wufste, sind
Volksepen mit gewaltiger einheitlicher Grundidee erwachsen.
Bei den britischen Sagen wurde aber dieser naturgemäfse
Weg der Vereinigung entweder nie gefunden, oder doch
bald verlassen: Sammler bemächtigten sich der alten Sagen,
und schrieben sie ohne Rücksicht auf Gehalt, Bedeutung
und Grundidee zusammen nieder, wenn sich nur irgend
ein äufserlicher Anknüpfungspunct, sei es auch nur ein
gleicher oder ähnlich lautender Name, ein Zusammentreffen
in Ort oder Zeit u. dgl. darbot.

Chrestien, der offenbar aus einer derartigen Compilation
schöpfte, erklärt offen, dafs die blofse Lust am Erzählen
ihm die Feder in die Hand gab *); in Hartmann dämmert
eine unbestimmte Ahnung, dafs die Dichtkunst noch einen
höheren Zweck hat als das Erzählen von Abenteuern, und
er stellt mit einer gewissen Würde eine moralische Wahr-
heit an die Spitze, an die er dann in den Schlufsworten
erinnert. Allein das dazwischen liegende bleibt hiervon
ziemlich unberührt, denn es gebricht dem Dichter diejenige
Gestaltungskraft, welche nöthig ist, um den ganzen Stoff
in der Weise zu modeln, dafs die Erzählung als eine Er-
läuterung und Bestätigung seines Wahlspruches erscheint:
Swer an rehte güete etc.; und so sinkt derselbe, fern davon,
die Grundidee des Gedichtes auszumachen, zu einer blofsen
Einleitungsfloskel herab. Wir wollen hierbei allerdings

---

*) v. 38: *por ce me plest a reconter*
    chose qui face a escouter
    del roi qui fu de tel tesmoing,
    qu'an parole et pres et loing.

nicht verhehlen, dafs es seine grofsen Schwierigkeiten haben
mag, in den phantastischen Kraftstücken bretagnischer
Helden und ihren Liebesnöthen viel *rehte güete* nachzuweisen, der *sœlde* und *êre* folgen. Während Hartmann
sonach auf der einen Seite an der Schöpfung und Anordnung des ganzen keinen Antheil hat, während er sich in
den erzählten Thatsachen genau an sein Vorbild anschliefst,
ändert, mehrt und mindert er mit einer gewissen Freiheit
in den Einzelheiten. Am auffallendsten treten derartige
Verschiedenheiten in der Behandlung psychologischer Vor-
gänge, und demgemäfs in der Characterschilderung hervor.
Ohne den reichen, sich hier darbietenden Stoff der Vergleichung erschöpfen zu wollen, heben wir aus der grofsen
Zahl derartig verschiedener Stellen einige derjenigen aus,
welche uns am bemerkenswerthesten, und für Verständnifs
und Werthschätzung der dichterischen Auffassungsgabe
beider Dichter bedeutungsvollsten erschienen sind. Hier
fällt vor allem die vollkommene Verschiedenheit in den
leitenden Grundgedanken auf, von welchen beide Dichter
in der Schilderung des Uebergangs aus tödtlichem Hafs
zur Zuneigung gegen Iwein, der sich in Laudine's Seele
vollzieht, ausgehen. Bei Chrestien ist Laudine's Entschlufs
zur Heirath das Ergebnifs kluger und feiner Ueberlegung,
und daraus hergeleiteter richtiger Bewerthung der sich darbietenden Verhältnisse, bei Hartmann drängte ein wahrer
Wirbelsturm der verschiedenartigsten Gefühle das unglückliche, gemarterte Weib zu dem Entschlusse, dem Mörder
ihres Gemahles die Hand zu reichen, wie ein Vergleich
des hierher gehörigen aus beiden Werken zeigt. Bei beiden Dichtern ist Laudine's Trauer um den gefallenen Gemahl mafslos. Hartmann aber, befürchtend, dafs der Leser
bei der unerwarteten Wendung, welche die Dinge schliefs-
lich nehmen, nicht an die Aufrichtigkeit dieser Trauer
glauben wird, hält es für nöthig (v. 1320), besonders zu
betonen, dafs es ihr Ernst mit ihrem Schmerze ist. Den
schnellen Wechsel ihrer Gefühle zu Gunsten Iwein's läfst
Hartmann durch die unwiderstehliche Macht der Liebe

geschehen. Bereits 1621—30 leitet er diesen Gedanken ein, und v. 2054—57:

> *dô was gereite dâ bî*
> *diu gewaltige minne*
> *ein rehtiu süenærinne*
> *under manne und under wîbe*

wird der gewaltigen Minne geradezu die Schuld an jener schnellen Sinnesänderung zugeschoben. Demgemäſs läſst der deutsche Dichter Laudinen, nachdem sie Iwein, den herrlichen Ritter (ein *sô vrum man*) zum ersten Male gesehen, plötzlich von Liebe für ihn entbrennen: er sagt es nicht ausdrücklich, aber in den Versen: *und geloubet mir* etc. steht es zwischen den Zeilen zu lesen. Der geschickte Dichter hat es hier verstanden, in wahrhaft dramatischer Weise den Character seiner Heldin in den Worten erkennen zu lassen, durch welche sie ihrem übervollen Herzen Luft macht. Chrestien dagegen hat es durchaus nicht für nöthig erachtet, irgend etwas wie Neigung von Laudine's Seite durchblicken zu lassen, um dadurch die Theilnahme des Lesers, der ja stets für den unglücklich Liebenden Partei nimmt, zu gewinnen. Ihre Handlungsweise wird lediglich durch zwei Gründe, einen innerlichen, die den Frauen in besonderem Maſse eigene Unbeständigkeit (v. 1438 ff.) und einen äuſsern, die Nothwendigkeit, die Quelle von Brozeliande zu vertheidigen, bestimmt, und namentlich in der steten Berufung auf den letzteren Grund zeigt sie sich als gefühllos, kalt und überlegsam. Den verschiedenen Beweggründen, welche die Handlungen bestimmen, entspricht auch eine Verschiedenheit in der Darstellung des Verlaufes und der Situationen. Auch Hartmann kann nicht umhin zuzugeben, daſs das Verfahren Laudine's von groſsem Wankelmuth zeugt, indem sie eine Handlung begeht, vor welcher sie anfangs schaudernd zurückgebebt; er weiſs aber diese *unstætekeit* (v. 1874), die ja nur *von ir güete kumet* (v. 1878) als so liebenswürdig darzustellen, daſs man sie eher für einen Vorzug als für einen Tadel zu halten geneigt ist. Da er sie nach dem Gange des

ihm gegebenen Stoffes doch endlich Iwein als Gattin zu-
führen mufs, so läfst er sie wenigstens sich so lange als
möglich sträuben und winden und nach allen möglichen
Mitteln greifen, um den gefürchteten Schritt einer neuen
Heirath zu vermeiden. Während hier Chrestien in seiner
Behandlung der Sage noch ganz auf der Stufe des Mabinogi (cf. Mab. p. 61) steht, nach welchem die Vertheidi-
gung der Quelle die Wahl eines zweiten Gemahls als
selbstverständlich erscheinen läfst und herbeiführt, fügt
Hartmann in bewundernswürdiger Zartheit den Zug hinzu,
dafs Laudine einen Ritter von Artus' Hofe als blofsen Dienst-
mann in Sold zu nehmen gedenkt, ein Gedanke, dessen
Unausführbarkeit Lunete indessen augenblicklich darthut.
Hiernach wird Laudinen von ihrer Dienerin die verfäng-
liche Frage vorgelegt: *swá zwêne vehtent umbe den lîp,*
weder tiurre sî, der dâ gesiget, ode der da sigelôs geliget
(1956 ff.). Bei dem deutschen Dichter geht sie ahnungs-
los auf die Frage ein, indem sie antwortet: *der dâ gesiget,*
so wæn ich. Diese übergrofse Offenheit und Arglosigkeit,
welche Laudine zur Schau trägt, fliefst aus der unbegrenz-
ten Verehrung, welche Hartmann dem weiblichen Gemüthe
entgegenträgt. — Er scheint hier über das Ziel hinauszu-
schiefsen, denn bei Erwähnung eines Zweikampfes auf Leben und Tod mufs der Dame naturgemäfs sofort das Bild
des erschlagenen Gatten vor die Seele treten, und hiernach, sowie nach der Tendenz sämmtlicher Reden Lunete's mufs sie durchschauen, worauf die Zofe mit ihrer spitz-
findigen Frage hinauswill. Hier beherrscht der verstän-
dige Franzose Chrestien (v. 1702) offenbar die Situation
besser, als sein, von überwallendem Gefühl hingerissener
deutscher Nachahmer. Bei Chrestien antwortet Laudine
auf jene Frage:

> *il m' est avis que tu m' agueites:*
> *si me viax a parole prandre.*

Gerade die übergrofsen Anstrengungen, welche der deutsche Dichter macht, die Heldin von dem auf ihr lasten-
den Vorwurf zu reinigen, verrathen uns, dafs ihre Hand-

lungsweise vor seinem zarten Gewissen nicht bestehen konnte. Er kämpft gewissermafsen den Verzweiflungskampf für eine verlorene Sache: Seine Verehrung für das weibliche Geschlecht hält ihn in dem Wagnisse aufrecht, Laudinens Verfahren zu rechtfertigen. Und wenn er auch nicht gerade unsern Verstand überzeugt, so zeigt er sich doch als Meister der Kunst, das Gefühl einzunehmen und unser Herz für die von ihm verfochtene Sache zu begeistern. Wenn er uns auch keine Achtung für Laudine einzuflöfsen vermag, so gewinnt er doch unser Mitleid für sie. Ein wirres Wogen verschiedenartiger Gefühle, das Leid um den Gefallenen, die Scham, Iwein um seine Hilfe zu bitten, die Angst um ihr vertheidigungsloses Land, endlich eine auflodernde Neigung, verbunden mit Angst und Furcht, dafs Iwein sie nicht nehmen werde (v. 2115) — dies alles zermartert ihr Herz; und in dem Augenblicke, wo sie, dem ungestümen Drängen desselben nachgebend, die Erinnerung an den Todten von sich stofsend und über Brauch und Sitte sich hinwegsetzend in das Geständnifs ausbricht: *ich will iuch gerne: welt ir mich?* — in diesem Augenblicke wird sich auch in einem strengen Sittenrichter einiges Mitgefühl für das unglückliche Weib geltend machen. Benecke hat Recht, wenn er in der Anm. zu v. 2321 diese Verse Hartmann's eine Ehrenrettung der Laudine nennt. Dem französischen Dichter liegt dagegen offenbar nichts daran, Laudinen als einen unserer Liebe und Achtung würdigen Character hinzustellen, und ihren Schritt zu entschuldigen: er will nur ihr Verfahren vor dem urtheilenden Verstande motiviren. Es scheint ihm sogar zu behagen, sie als ein Urbild des wankelmüthigen Weibes, als schlau und kalt darzustellen. v. 1736, wo sie Luneten ungnädig fortgeschickt hat und nun in der Einsamkeit über ihre Lage nachdenkt, ist der erste und wichtigste Grund, der sie zum Eingehen auf Lunete's Vorschläge bestimmt, die vertheidigungslose Quelle, und erst in zweiter Linie macht sie sich Vorwürfe über ihr unfreundliches Wesen gegen die erprobte Dienerin, während sich bei Hartmann (v. 2009—38) dies Gefühl der Reue zuerst geltend macht, und sich hieran erst die Ueberlegung anschliefst. Chrestien's Art, die Frauen aufzufassen, tritt am ausgeprägtesten in dem Gegensatz hervor zwischen der Rede Iwein's (v. 2025—2032) und 'der Frage (2033, 34), mit welcher Laudine dieselbe unterbricht. Der Ritter hat ihr in den glühendsten Ausdrücken seine unbegrenzte Liebe gestanden, eine Liebe, die ihn befähigt, für sie zu leben und zu sterben.

> *Et oseriez vos emprandre*
> *por moi ma fontaine a desfandre,*

fragt Lunete im Tone eines feilschenden Geschäftsmannes. Der Ritter bejaht, und mit den dürren Worten Laudine's: *sachiez donc, bien acorde somes,* wird die ganze Angelegenheit, wie irgend ein Tauschgeschäft durch Topp und Handschlag, zum Abschlufs gebracht. Die Dichter bleiben sich in ihrer Verschiedenheit der Auffassung des weiblichen Characters bis an's Ende des Romanes getreu. Bei Hartmann tritt nach der Verheirathung in mehreren Zügen hervor, dafs Laudine eine Gattin voll der heifsesten Liebe und des innigsten Vertrauens zu ihrem Gemahle geworden ist. Ihr unbegrenztes Vertrauen zeigt sich auf's vortheilhafteste v. 2916 ff., wo sie Iwein, die Erfüllung eines noch unausgesprochenen Wunsches zusagt, und der Dichter hinzufügt:

> *done hete si des deheinen wân daz er*
> *ihtes bæte wan daz sie gerne tæte.*

Vers 2555 bei Chrestien heifst es statt dessen einfach:

> *la dame tantost li otroie,*
> *qu'el ne set, qu'il vialt demander,*

was eher auf Neugierde schliefsen läfst, die um jeden Preis erfahren will, was der Gemahl so dringend wünscht. Auch das Motiv, weshalb Laudine dem scheidenden Iwein einen Ring gibt, ist bei beiden Dichtern verschieden. Bei Hartmann 2945, 46 soll *ditz viugerlîn ein geziuc der rede sîn.* Defshalb werden auch nicht übernatürliche Kräfte in den Stein seines Ringes gelegt; nur als ein Erinnerungszeichen vom höchsten Werthe und von der geliebtesten Person kann es durch seinen Anblick den Träger bewegen, dafs *er deste baz lebn muoz* und dadurch sich *sælde* erwirbt. Die deutsche Laudine will also ihren Iwein nur durch den Zauber der Erinnerung fesseln, welcher in dem Ringe ein *geziuc*, d. h. ein äufseres Denkzeichen hat. Bei der Französin soll der Ring durch die wirklich übernatürliche Kraft seines Steines den Ritter bewahren, dafs

(2598) *nus essoines ne li atent,*

und dafs er somit keinen gültigen Vorwand für zu langes Ausbleiben erhalte. Der Unterschied, der in diesen beiden Arten der Darstellung liegt, ist äufserst fein, und für die Characteristik der Französin Chrestien's im Gegensatz zu der deutschen Frau Hartmann's von Wichtigkeit. Die französische Laudine hält es für nöthig, alle ihr zu Gebote stehenden äufsern Mittel in Bewegung zu setzen, um sich den Geliebten zu erhalten, die deutsche traut fest auf die Macht der Treue und der Erinnerung.

Nicht weniger, als in der Darstellung des weiblichen Characters tritt die gröfsere Gemüthstiefe, Innigkeit und Zartheit des deutschen Dichters in der Schilderung des Freundschaftsbundes zwischen Iwein und Gawein hervor. Die sich hieraus ergebenden Verschiedenheiten sind für die Erkenntnifs der Eigenthümlichkeit beider Dichter höchst bedeutungsvoll, und wir wollen daher zum Schlufs noch eine hieher gehörige Stelle ausheben, welche zugleich einige andre Verschiedenheiten zwischen dem französischen und deutschen Dichter beleuchtet. Wir meinen die Rede, durch welche Gawein seinen Freund vor dem Verliegen warnt, und welche in beiden Gedichten nach Plan und Ausführung durchaus verschieden ist. Bei Hartmann (v. 2770 ff.) geht Gawein sachte und bedächtig auf sein Ziel los. Seine Gedanken sind etwa folgende: Iwein ist in einer beneidenswerthen Lage, im Besitz eines Landes und einer herrlichen Frau. Nun möge er sich aber hüten, dafs ihn seines Weibes Schöne nicht in Schande bringe. Wie solches geschehen könne, zeige das Beispiel Erecs (2792—98). Iwein habe nun alles erdenkliche gute, er möge aber defshalb dem Freunde nicht den Schmerz bereiten, seine Ehre untergehn sehn zu müssen. Er möge an so manchen verbauerten Ritter denken; ein solcher wisse nur von den Kosten und Lasten des Hauses zu sprechen. Es sei anzuerkennen, wenn ein Hausherr häuslich lebe, doch lasse sich auch in Bezug auf solche Häuslichkeit eine goldne Mittelstraße finden; jeder möge bisweilen auf einem Ritterzuge die alte Heldenkraft beweisen. Iwein möge nicht glauben, daß einer Frau damit gedient sei, den Gemahl an ihrer Seite verliegen zu sehen. Oft wage die Gattin nur nicht, zu gestehen, daß sie den Mann auch wieder einmal draußen in der Welt haben möchte, denn sie fürchte, er könne Mangel an Liebe darin sehen, daß sie seine Abwesenheit wünsche (2873—75). Er selbst, Gawein, würde sich für den Genuß derartiger Häuslichkeit bedanken (2876—78). Iwein habe nun ein Königreich und ein schönes Weib, aber ein armer Mann, der Ritterwerth besitze, sei reicher, als der reichste Fürst ohne denselben. So möge er denn sein Weib um Urlaub bitten: bei ihrer *stæte* könne er die Verwaltung seines Landes beruhigt ihren Händen überlassen. Früher habe ihn Mangel an Geld und Gut manchmal gehindert, Sinn und Vorhaben auszuführen; jetzt habe er genug, um allen Wünschen zu begegnen: drum möge sich nun auch seine Ehre mehren, damit man in manchem Lande noch mit Ruhm der beiden Freunde Iwein und Gawein gedächte (— 2912). Diese Rede ist ein kleines rhetorisches Meisterwerk. Nicht nur, daß sie warme Begeisterung für die edle Ritterehre athmet, daß in ihren Worten sich die heiße Freundschaft Gawein's für Iwein auf's natürlichste ausspricht; sie ist auf's geschickteste und durchdachteste angeordnet, und die treffliche Wahl der Gründe verleiht ihr eine hohe überzeugende Kraft. Sie zerfällt in vier Theile, und in jedem derselben geht der redende vom augenscheinlichen, von der augenblicklichen glücklichen Lage Iweins aus, indem er ihm nachweist, daß dieselbe ihn nicht zum Verliegen, sondern im Gegentheil zum Handeln auf dem Felde der Ehre ermahnen muß. Die Einwürfe, welche Iwein etwa machen könnte, daß ihm, dem verheiratheten, häusliches Leben gezieme, daſs er das frisch erkämpfte Weib durch sein Fernsein zum Tode betrüben würde und daſs er Laudine nicht allein auf einem von Gefahren umringten Edelsitz zurücklassen könne, bringt der Redner selbst vor und widerlegt sie auf das treffendste (2850—58; 2863—78; 2890—98).

Ganz anders, und doch in ihrer Weise ansprechend, ist die Art, wie Gawein bei Chr. den Freund zum Verlassen der Gattin beredet. Nicht als ernster, rathender und mahnender Freund, sondern keck und stürmisch tritt Gawein vor den neuvermählten Iwein. „Ein Schelm ist, bei der heil. Jungfrau, wer sich verheirathet, um zu verliegen! Wer schon ledig ein guter Ritter war, muſs verheirathet erst recht einer werden! So lieben's die Weiber selbst, Stubenhocker sind ihnen gar sehr zuwider. Drum, wohlan! Los von den Liebesbanden! Auf, zum Turnier, damit man nicht etwa denkt, Ihr seid eifersüchtig auf Eure schöne Frau! Wer zu lange an einem Orte bleibt, schläft dort ein. Unsre alte Freundschaft darf unter den neuen Verhältnissen auf keinen Fall leiden. Zur Liebeslust ist immer noch Zeit; wenn Ihr dieselbe eine Zeitlang entbehrt, so wird sie dafür nachher um so besser schmekken; denn ein Vergnügen gewährt den gröſsten Genuſs, wenn es möglichst lange aufgespart worden ist, wie dasjenige Holz die meiste Hitze gibt, das am längsten im Ofen liegt, ohne Feuer zu fangen". Es ist ganz natürlich, daſs diese burleske und stachelige Rede, die fast lautet wie die eines unverbesserlichen Hagestolzen, der einen neuvermählten Freund zur Fortsetzung des lustigen Junggesellenlebens verleiten will, — auf Iwein dieselbe Wirkung hervorbringt, wie die ernsten durchdachten Worte Gaweins bei Hartmann.

Die beiden Partien, welche wir hier einem eingehenderen Vergleiche unterworfen haben, wie wir denselben an einem andern Orte auf die ganzen Werke auszudehnen gedenken, zeigen hoffentlich zur Genüge das gegenseitige Verhältniſs der Dichter in Auffassung und Darstellung ihres Stoffes. Chrestien liefert nicht etwa nur den Rohstoff, sondern bereits ein Kunstwerk, welches völlig von jener Subjectivität durchdrungen wird. Aber er ist eben Franzose. Seine lustige und leichte Weltanschauung gibt ihm wenig Veranlassung zur Entwicklung tiefen Gefühls. Die Liebe geht bei ihm nicht weit über äußerliches Wohlgefallen hinaus, sie ist nicht jener ernste Zug des Herzens, jene unbegrenzte gegenseitige Verehrung, als welche sie von Hartmann gefaßt wird. Die Freundschaft Gaweins und Iweins ist mehr äußerlicher Natur, mehr eine lustige Waffenbrüderschaft als jener allmächtige Zug, welcher zwei Seelen vereint. Dabei weiß Chr. aber mit practischem Verstande seine Erzählung sicher und eben fortzuspinnen, und gerade hierin- mag Hartmann ihm viel zu danken haben. Besondern Reiz gewinnt die Lectüre seiner Werke noch durch die Anmuth seiner Redeweise, dem Urbild des *élégant badinage*, das Boileau als besondern Vorzug eines spätern Dichters rühmt. Der deutsche Leser wird fragen, welches Verdienst hiernach seinem Landsmann Hartmann übrig bleibe, und wir geben die Antwort: er hat es verstanden, das französische Gedicht nicht nur der Sprache und dem Wortlaute nach, sondern auch in Gedanken und Gesinnungen zu einem wahrhaft deutschen Werke zu machen, zu einem deutschen Meisterwerke in ethischer und stilistischer Beziehung: die Reinheit und Tiefe der Gedanken floß naturgemäß aus seinem reinen, tiefen, deutschen Gemüthe, die vollendete Anmuth der Darstellung ist nur ein neues Zeugniß für seine auch anderweitig bewiesene Begabung für dichterische Form. Hartmann darf nicht viel Ansprüche auf selbstständige dichterische Erfindung machen, aber er kommt unserm Ideal des wahren Uebersetzers sehr nahe, da er es verstanden hat, ein ausländisches Werk so zu übertragen, daß es auch dem Geiste nach deutsch geworden ist, so deutsch, daß die fremde Quelle vergessen worden und man glauben kann, es sei gänzlich aus vaterländischem Boden erwachsen.

Gedruckt bei A. W. Schade (L. Schade) in Berlin, Stallschreiberstr. 47.